Conversation avec la solitude

Poésie de Martin Poirier

Dépôt Légal: Premier Trimestre 2024
Bibliothèque et Archives nationales du Québec
Library and Archives Canada

Table immatértielle

Eva Dulce Vita (2024)

Première conversation avec la solitude

C'est le chaos, c'est n'importe quoi, du genre que tes neurones
s'engueulent, puis si tu cherches le moindrement à faire du sens,
c'est l'angoisse.

As-tu essayé d'écrire sans réfléchir?

Les premiers vers sortent tout croche, puis les secondes te regardent avec
des yeux égarés comment ai-je pu donner naissance à une corrida
nymphomane?

Ou bien respirer sans écrire?

La page se blanchit comme de l'argent sale, c'est affreux.

Oui, mais au moins t'as écrit.

J'ai rien pondu, si tu veux savoir, j'étais trop chicken.

Si tu forces trop, ou pas assez, t'avances pas.

Mais si j'avance comme un névrosé pacté, je fléchis plus que je réfléchis.

Alors, reste immobile.

Sans bouger? Franchement!

*Tu penses à elle? Tu penses à la danseuse, puis tu voudrais lui donner la lune
de Li Bai. Quand elle prend juste ton argent, tu laisses l'anxiété te manger.*

Pas vraiment.

*Okay… écrit un recueil, puis laisse l'univers être ta muse. Si le
platonique te rattrape, que tu passes des mois sans t'égarer dans le
plaisir hormonal, et que tu ponds l'œuf originel…*

Ça voudra rien dire.

*Ça voudra dire que t'as conquis des sphères qui
échappent à celle qui te hante, poète. Tu peux faire ça pour moi?*

Je pense que je viens d'avoir une idée…

S'enivrer du parfum de l'autre

Boire le bout de tes doigts jusqu'à goûter le sel
Déguster le seuil de tes ongles comme un apéritif de sucre
Et ressentir l'appel de ta paume frétillant contre ma joue

Un désir est une huile essentielle sur l'eau raisonnée d'un sourire
Le plaisir se voile d'un silence à l'osmose des corps partagés
Puis vient le temps de porter mon index à tes lèvres

Mon pouce contre ton menton tu découvres ma texture
À la manière d'un enfant qui dévore son premier chocolat
Puis tu embrasses ma paume du bout de la langue

Je voudrais porter à cette chair d'un rose délicat mes papilles
Puis l'émail de mon palais d'ivoire en voute tendre et malléable
Mais il est temps de prendre nos distances pour mieux s'éteindre

Et s'étendre dans l'insistance d'un soi voulant conquérir sa soif
Se tenir droit dans les bras d'une chaleur humanisée à la surface angélique
Pauvre dans la compassion d'un glacial volcan à la richesse intérieure

La chorale des colériques

Je t'ai envoyé au moins trois textos, ce matin. Tu les as-tu lus? J'étais même pas fâché, mais j'aimerais sentir, genre, qu'on a une conversation qui se construit.

C'est quoi tu fais à soir? Moi, je m'ennuie... envoie-moi une photo, je veux voir à quoi tu ressembles, quand je m'emmerde pis tu te perds dans le néant.

J'ai écrit un autre poème, c'est à propos de toi... c'est un peu nous deux, mais bon... t'es pas obligé de le trouver de ton goût. Je vais peut-être en écrire un autre, si ça te fait plaisir.

Je t'ai dessiné! Des fois, je m'imagine à quoi tu ressembles, tout nu. Je te l'ai jamais dit, mais je te trouve crissement beau.

Réponds au téléphone quand on t'appelle!

Woah! Calme tes petits nerfs! Je t'ai pas ouvert la porte. *Mais on est sensé être amis, un peu, un peu plus, non?*

C'est sensé être plus organique qu'organisé. Si t'insistes, va-t-en.

Je vais me calmer... je vais aller me coucher. On se parle demain?

Je penserais pas, non.

L'existentiel

C'est un océan lactique
            Aux tréfonds d'un être foncièrement galactique
Et qui s'étend à ne plus le voir
                    C'est un plafond
        C'est la vie

        Bientôt une goutte se configure au bout d'un
    appendice filiforme

C'est un individu
        C'est un être

D'autres distilles se créent de la même manière tout autour

            C'est une culture
    C'est une société qui se partage ce plafond
    Parfois un fil se brise et une larme se meurt
    Il arrive que ces gouttes se cherchent une couleur
            Mais toujours cet océan se partage
        La vie existe en soi et pour elle-même
L'individu est une création narcissique

Musical

Et si rien de ce que nous croyons vrai
    Calme-toi, on n'est pas obligé de discuter.
     N'existe… on s'invente des convictions
   Écoute la musique, laisse-toi guider par les ondes
    Mais au fond, on est plus marionnette que
   Il y a une belle harmonie si tu te laisses aller au son
   Poète! Attends, le son? Tu m'entends? Allo?
   Et si rien de ce que nous croyons vrai
    T'as reçu mon dernier texto? Mon appel?

   N'existe… on s'invente des convictions.
Mais au fond, on est plus marionnette que

Seconde conversation avec la solitude
As-tu fait le ménage? Je te sens moins tendu; tu penses encore à elle?
J'ai l'impression que tu me recherches à travers un silence percé de
lumière.
   Je ne pense plus à rien, solitude.
Tu parviens à tracer ces vers? Fondre le permafrost pervers qui fige ta
pensée dans l'inaction? Je sens que bien des pages naitrons dans les
nuits qui viennent. Tu écoutes ces mêmes complaintes en boucle. Tu
aimes te torturer à coups de chants nostalgiques? Tu plonges et tu nages
dedans ou bien tu le glaces comme ta nonchalance et tu patines pour fuir
la patience?
       Je m'efforce de respirer
Et la laisser respirer à son tour?

 J'apprends à vivre avec toi, solitude, et j'espère qu'elle saura.
Vivre avec moi?
   Vivre… sans plus…
     Alors continue à écrire.

Isolement

À l'image de nos chairs taillées au bistouri
Les plaies déforment en lambeaux des tressages
De souvenirs douloureux aux pensées très sages
Des cicatrices animées dansent sur son dos
Un ballet de rejets venimeux sur sa peau
Au vieil âge de nos airs tiraillés si pourris
Il observe au fil des ans ses ongles pousser
Et son crâne se dégarnir pour n'être plus
Qu'un goblinoïde de lui-même exclus
Des bras de ces anges sans réciprocité
À l'affection qu'il crie sur les murs des cités
Que l'orbe serve au firmament des songes passés
C'est dire s'entendre verser l'émail teint de veille
Il n'en demeure qu'un point tant si peu lumineux
Au fond d'oculaires trop faibles pour être haineux
L'ombre meurtrie par la négation des années
Aura bien prit bien du temps pour se dégêner
S'étirer et se tendre vers ces matins d'éveil
S'affranchir des nuits de haut relâchement sans cible
C'est alors que les voix de la rivière sans flot
Chanteront maintes berceuses pour calmer ses sanglots
Puis il se dressera au creux des tempêtes
Tel un chêne droit éternellement en fête
Ce franc sir dénudé au détachement sensible
Par devant son pas s'il rêvait de fuir l'archange
Il aspire maintenant à vaincre l'œil sidéré
Avance d'un pas certain son regard libéré
Ayant choisi de répondre à toutes ces douleurs
Par la compassion par l'amour et la douceur
Pardonnant son passé il revêt le cuir d'anges

Les amours vidéo

Des jours heureux plongés dans des eaux d'amertume
Qui renvoient à l'inconnu d'instants désolés
Où se courtisent tous ces faux amants isolés

Des écrans aux cristaux liquides éclairent la chambre
Exiguë et pesante on dirait un claustre
Qui se serait rabattu autour d'un homme seul

Il fixe une jolie blonde qui pourrait exister
Mais sa solitude venue pour l'estringoler

Lui rappelle ces soirs sans l'ombre d'un toucher
Et ces matins desséchés de toute tendresse
Qui verront malgré tout sa grande soif qui se dresse

Elle lui sourit au moment de se dévêtir
À mi-chemin entre un plaisir et une peine
Il porte une main autour de son masculin

Son cœur son corps et son compte sont débités
Alors autant s'offrir du temps avec une reine

Le mot de la faim

C'est au bord du lac Bourget sous un ciel binaire
Entre la vie qui s'enfuit et la mort certaine
Qui se fait attendre souriante et hautaine

Que s'achève le séjour du poète bien seul
Sur une roche les pieds se frottant à des vagues
Des souvenirs hantent son esprit qui divague

On n'aime vraiment qu'une fois et souvent trop tard
S'aimer à s'oublier demande un abandon

Telle une coquille se libérant de l'amandon
Offrant au gout une sobre noix que nous gardons
En bouche comme le cœur garde ses promesses de pardon

L'instant qui vient est le chérubin du Karma
Celui qui va est son patriarche et l'instant
Qui porte la lingerie fine d'un être aimé

Alors il vaut mieux le prendre à deux mains l'embrasser
Avant que ce bonheur soit un souvenir distant

L'offrande

S'offrir la nuit dans une coupe de cristal fin
Orné de rubis nos serments les plus nobles
Et boire le nectar de célestes vignobles
Jusqu'à laisser l'oubli effacer l'ignoble
De nos trahisons improvisées puis dormir
Jusqu'à ce que l'ivresse de la veille dégrise
Quand nos maux de tête font ressentir leur emprise

C'est aussi se dire que nos disputes sont éphémères
Comme le sont nos plaisirs nos passions et nos songes
Et c'est un quotidien qui doit être sans surprise
Sans affront qu'un instant aussi humble que bref
Ni plus surélevé et ni moins amoindri
Ni prodigieux et ni asservi qu'un moment
Que l'on s'offrira la nuit dans une coupe fragile
Orné de notre modestie la plus tendre

Le Nightclub

Partiellement unique et simplement
Sans plus sans demander son chemin
Aboyer comme un hurluberlu un soir blanc
Se réveiller dans un désert ludique que clament
Les disciples d'un nouveau genre
Les particules difforment se fanent
Sous un crépuscule sans nom
La musique s'électrocute
Les danseurs se brulent

Je porte un chandail
Sur lequel on retrouve ton visage
L'ironie de nos disputes lui a tracé une moustache
Mon orgueil se piétine de lui-même
J'ai les soupirs à fleur de peau
Si on se déteste alors pourquoi on se manque

Timidement seulement qu'un affolement
Aux pas frileux de nature
Nos mains se font agaces
Sous les lumières d'une discothèque prude

Que bèquent les polaires sur fond désertique
Les fronts hermétiques du copulant méconnu
Chaque tracé aux pas réservés traine le poids
De nos symphonies épidermiques à pulpe d'or

Ta chevelure à rivière d'émeraude jusqu'aux hanches
Porte le bout de mes doigts à la base de ton cou
Et je m'endors au creux de ton plexus

Sous les violons de Bliss

Je me suis égaré dans le bleu de tes nuits
Invité par cette nacre labiale qui caressait l'ivoire de tes charmes
Une pluie de rousseur parsemait ta peau
Incitant mes prunelles à toucher le naos charnier de tes cieux
Mon regard ne tenait qu'à un cil
Mes doigts clamaient ton nom jusqu'à l'ongle
Créant de toute pièce la légende de ta chevelure volcanique
Que raconteront ces disciples tactiles
Adeptes d'une brillance de maître qu'offre à ce monde ta beauté consacrée
Gravir ce front éclairé pour entamer la descente
De la racine au philtrum
Deux pouces à égale distance qui séjourneront sur tes joues
Avant de demander ta langue en mariage
Une petite morsure en dot
Deux index battant de l'aile près de tes narines
Mes lèvres contre tes sourcils
Ressens-tu la pression de mon inférieur et la soumission de ma supérieure
Entends-tu l'appel de sollicitude en voix solitaires
Louve de mon haleine fragilisée
Accepte cette libation contre ton aine
C'est une main qui demande hospice au sommet de ton Everest vulvéen
Un médius te serait envoyé en émissaire de plaisirs
Alors que l'aura de mes papilles goutera la pointe timide de ton lactaire gauche
Celui qui pointé bien droit porte une vision onirique à ma dégustation
Que consente ton corps à se presser contre le mien
Je veillerai à porter chacun de tes sens au summum d'une sphère
Qui tiendra notre dénomination en oubliant le sien
Embrasse-moi   Lorsque l'implosion sera plénière et notre union sera complète
Laissons aux instants qui suivront le soin de nous séparer
Pour que ne survivent en ce monde qu'une main tenant une autre
Un doigt caressant une paume   Une lèvre invitée par un front
Un jour qui sera tout aussi bleu que la veille

La tendresse passive

Cette soif qui se couche sur le bistre de ta peau
Hâlant mon visage sous tes yeux aux mille hélianthes
Porte à mon sceptre la promesse de notre union
Il y aura dans le grand buffet de nos ébats
Les baisers sulfureux des ères conciliantes
Aux jours de grands conforts aux paisibles sourires
À trop avoir fait l'amour on se regarde
Nos silences parlent le langage de nos sueurs
Et celui de nos cajoleries suppliantes

À fleur de notre peau au cœur de nos touchers
S'ébruitent les secrets de notre flore placide
Illuminant d'une écarlate translucide
Ces cosmos viscéraux que l'on se partage
Soyons anarchie dans un amour chaoïde
Malgré la noirceur des autres nos âmes fluides
S'embraseront telle une flamme purificatrice
Que le monde entier verra avec joie et bonheur

Le lendemain de veille

L'intensité des mots se perd dans le trafic d'une pensée bien aimante
Celle du geste se perd dans des attouchements égocentriques
Le jardin onirique n'est plus et les bonnes âmes se vendent
Dans dès jardins onéreux de marchands d'huiles serpentines
Vendus au commerce des âmes qui craignent la perte de plaisir
L'âge qui s'étire la jeunesse qui se tire la vie qui se fait dominatrice
Sur la conscience qui ne veut pas mourir, mais la passion nous prend
À la gorge chaque fois

L'univers étend sa conscience sans cesse, et parfois s'arrête pour renifler
Le derrière d'un organisme possiblement compatible à la procréation
De l'espèce vivante, mais la poésie s'apparente à la culture d'une vigne
givrée aux fins de vin de Glace

Un peu de patience pour un temps qui n'en finit plus et une douche
froide pour une cuvée qui partagera son esprit à un poète en quête d'une
muse incomprise
Le passage des moires assassine l'espoir des rêves délaissés
La jeunesse ne brille qu'une fois

Les générations s'empilent et s'empiètent comme des émulsions tièdes
Faisant pression sur la vie refroidit celle qui attend sa vacuité finale
Le feu perce à travers les âges et le faisceau de verre reluit au cœur
Des enfants immortels

L'angoisse sur un plateau d'argent

Qu'en est-il de la souffrance qui galle nos blessures ouvertes
Et l'inconscience qui s'en suit sans supplier sans plus vouloir
Agir seulement réagir palper l'instant et craindre le reste

Le monde entier est un intru et je suis la vérité translucide
Le prophète amorphe qui se laisse emporter par la vague
Mourir n'est pas un choix mais un incontournable

On rejette les contre-points en période d'harmonie
Mais quand l'antithèse du soi est un placide sans fond
On s'enfonce dans un front froissé à en plisser le regard

Puis vient l'image de celle que j'aime elle est nue et moi non
Elle m'ignore quand je l'appelle mais elle sait que j'existe
Il est agonisant de chercher à lui plaire dans cet élan

Alors je m'en remets à ce paisible que je connais
Je la laisse vivre son fait et je me contente du miens
L'univers est un chaos parfait et nous sommes l'ordre brisé

Le blanc crème du noir

Le vide médian filtre le soi de l'autre et l'hôte s'infiltre en don de soie
Il y a de ces berges aux rebords inaccomplis qui se perdent dans l'océan
Et ces eaux qui s'affaissent aux pieds des montagnes inachevées

Mais l'orée des chemins dorés ne commence qu'avec l'excision
Du sans doute et l'ablation du peut-être pour que vienne
La naissance du bien-être aux couleurs médianes

Une certitude sur fond de solitude qui prisme
L'amitié en voie maritale et l'unité conjugale
Parce que j'ai décidé d'apprendre à t'aimer

J'ai choisi de me taire lorsque tu m'éclaires
Écouter le chant de nos découvertes similaires
Sembler s'assembler sans s'enliser dans nos discordes

Puis laisser à l'autre le soin de s'affranchir sans se mentir
Avancer sans urgence ressentir sans fragrance et s'épanouir
Ou s'évanouir et laisser à l'éveil la promesse d'une renaissance

Baudelaire

Il le savait que c'était peine perdue d'aimer la prostituée
Sa mère gérait sa fortune et le forçait à une vie de pauvreté
Mais il aurait donné davantage pour la prospérité de Jeanne

Personne n'est une charogne aux yeux d'un affamé
Et si tout est une charge sur les épaules d'un affligé
S'oublier près du chemin de fer est un cadavre

Un havre que le chien connaissait bien
Mieux avant de les voir marcher
Le poète séduisant la muse

La muse désirant le marcheur
Allait-il subvenir aux besoins de
À quoi bon s'il faut s'aimer

Quand le chien pris la chair
La muse pris le poète
L'univers s'ensuivit

Le vin contre tes cuisses

Sitôt la bouteille ouverte c'est la libation sur l'autel de ton sexe
Ce petit pincement mi-amer coule dans nos gorges et le rouge
S'écoule au bas de ton ventre comme une rivière menstruelle

C'est un cabaret si mignon à voir ton sourire s'ouvrir alors
Que le vin chatouille ton entre-cuisse puis ton aine et ta vulve
Formant un lac rougeâtre sur nos draps d'un blanc immaculé

Je t'entends sous un soupire m'interpeller mais je ne réponds pas
Je nous sers deux autres verres et je t'embrasse à lèvres confondues
Nous buvons à pleine bouche avant de s'étendre et s'entendre respirer

Ton souffle réchauffe mon trapèze et tes yeux me caressent la peau
Le vin forme un lac entre nous deux alors que nous figeons un mouvement
Un élan un semblant d'ébat que nous laissons tremper dans une délectable
gaspille

C'est ainsi que je veux te faire l'amour mon ange sans se toucher sans se perdre
Simplement à se faire plaisir puis à bâtir nos passions sur un socle de platine
Pour que nous disions à l'univers que s'aimer comme on s'aime commence par
l'autre

Se contempler dans la méditation

Nous sommes nus au cœur de ta chambre et nous sommes assis l'un devant l'autre Les jambes croisées le dos droit et le visage neutre c'est le printemps et nous sommes Ni endormi et ni à l'éveil nous ne sommes ni lucides et ni distraits ni ici et non plus là-bas

Une musique calmante joue à travers tes haut-parleurs mais nous ne l'entendons pas Nous n'entendons plus rien alors que notre respiration se fait d'elle-même et nous Ne sommes ni concentré et ni décentré ni placide et ni déplacé nous sommes c'est tout

Entre nous et en nous il y a les sphères de conscience et franchir chaque pont est un pas Un abandon de soi abandon de la chair et abandon de la lumière de ta chambre mais Le respire demeure abandon de la pensée et abandon de l'angoisse mais le respire

Abandon de la présence de l'autre et abandon du rêve abandon de l'hier et demain Mais le respire demeure abandon de la sensation du respire et abandon du souffle Abandon du verbe de la parole et de l'enveloppe du verbe mais le respire demeure

Ce n'est qu'au moment de l'abandon total et inconditionnel au moment de découvrir Le néant absolu qui nous habite et nous invite à s'abandonner davantage que nous pourrons Nous prendre dans les bras et nous embrasser sans passion sans condition mais par abandon

La jeunesse du moment

C'est à contre rebours que la vie s'affiche à contre sens du vouloir à contre non-sens D'avoir bon sens ou non la vie fait ce qu'elle est comme le jardinier sur les berges Du lac sans flots repeuple la flore à coups de patience sans quoi la confiance

La confiance n'appartient qu'au solide instant de conscience le reste n'existe pas C'est à contre cœur mais sans émotion que la vie s'impose sur le pavé dépravé Des penseurs qui ont imaginé l'illusion sous un lourd modèle économique

La vie fait sa vie son chemin sans demander la permission pour vivre encore demain La jeunesse c'est un moment dans l'espace-temps qui vie comme il le sent sans plus Sans quoi l'angoisse se ferait une vieillesse en robe de coton ouaté par un matin glaciaire

Le simple d'un échange sincère et la confession à la lumière demande un peu d'espace Un temps pour respirer un autre pour s'apprécier un temps pour s'oublier un autre Simplement parce que l'instant enfante le prochain et notre amour ne dépend de rien

Seulement que d'un intérêt envers le bien-être de l'autre et l'amour de soi commence Par un bien-être envers soi ensuite la jeunesse pourra se draper d'une sagesse relative Croître sans croire à rien mais grandir avec l'être aimé comme chacun grandira par soi

Alors que la chair s'oublie

L'éther ne ressent ni la fièvre et ni l'envie alors que la chair s'invite et
désire
Observer ses mains comme si elles étaient celles d'un autre un spectateur
Un acteur ou simplement un tas de peau et d'os qui s'appartiennent

Ressentir la chaleur comme si elle était détachée du soi véritable
La sentir s'écouler dans nos veines à travers nos muscles
Mais lui attribuer une scène dont nous sommes audience

Entendre notre respiration mais sans qu'il soit notre souffle
L'éther ne ressent ni l'odeur et ni le souffre alors que
L'instant appartient à notre abandon le plus total de l'illusion

Mais que celui-ci demeure de marbre froid contre notre derme
Qu'il soit à terme contre l'aimable droit qui nous entoure pour l'heure
Ressentir un froid qui nous entoure comme s'il était détaché du soi
véritable

Un décor ou simplement un amas de bois et de métal qui s'appartient
Observer sa chambre comme si elle était celle d'un autre visiteur
L'éther ne ressent ni le toucher et ni l'envie alors que la chair

La tendresse

C'est attendre avant de faire un geste et laisser le geste s'envoler sans atteindre
Effleurer plutôt que toucher et ressentir avant d'avancer se sentir sans plus
Sans quoi s'imposer serait sacrilège et devancer davantage est un piège

Attendre encore un peu juste le temps de s'entendre attendre encore
Un peu... repousser l'ardeur à la manière de l'huile et le vinaigre
Sans brusquer sans brasser simplement à les observer séparés

Puis ne rien se dire ne rien se faire simplement s'observer
La tendresse à fleur de peau; la tendresse fleur d'âme
Se faire accroire que rien ne sert de mentir à qui

Brûle à point... refroidir à temps et sentir
La tentation qui s'affriche et se défriche
Comme l'automne s'adonne au printemps

Et l'hiver se fait de tendresse à rêver à l'été
Alors que les muses se font allaiter de nymphes alitées
S'il est à loisir de se laisser aller il est à savoir que rien n'est vérité

Sinon que le survivre un jour de plus se sentir un jour encore
Désiré un jour de moins apprendre à attendre avant de faire un geste
Et se laisser s'envoler si le geste n'atteint pas sa cible le détachement sensible

C'est le vide médian au cœur de la volonté de Tendresse et le vouloir réciproque
Effleurer plutôt que toucher et ressentir le désir au fond de la paume qui nous découvre
Sans quoi rechercher l'idéal resterait engin si l'idée primale est un vain que l'on boit sans toit

L'art du massage

Ton dos comme un champs de blé sous mes pousses moissonneurs
Ta colonne qui se vertèbre tel un chêne millénaire guidant mes
mouvements De bas en haut l'angoisse prise entre mes doigts sortie de ta
peau à travers mes paumes

La chaleur au contact de nos âmes irradiées aux molécules immolées à
l'immaculée mélodie De nos souffles entrecroisés le gestalt haleur à
l'heure du geste malté sur un lac de vin d'orge Tirant vers soi la plage de
l'autre raccommodant les continents isolés comme des bas troués

Puis je m'attarde aux épaules et à tes avant-bras que je masse avec une
pression apprivoisée Reprenant la danse que j'entrepris depuis tes reins
pour chanter le signe sur tes seins Redescendre le long de ton ventre pour
masser tes jambes du même élan

Bientôt c'est ton corps qui masse le bout de mes doigts alors que nos
plaisirs Se fondent et se confondent en un éclat de sueurs exaltées aux
troncs Exigus comme des épines dorsales plantées à même nos ongles

L'illusion s'effondre sous nos yeux fermés il n'y a plus
Que la vérité de nos deux corps immolés
Laissés pour cendres à nos pieds

De la chair au néant

À travers la membrane naissante entre nous nos ébats goûtent le placenta
d'outre monde Le salin de nos océans aux séances à qui l'aquilin
acquiert les passages translucides S'égoutte le long de nos poignets à
l'emprise gitane agitant l'ici gît notre amour

Le lit nous délivre d'un soi irrationnel au goût de nos semblables
Alors que plongés sous les draps nous nous empoignons
À pleins bras jusqu'à n'être plus que la somme de nous

Nous sommes à la fois chérubins et archanges
Renaissant lorsque que les mains se déplacent
Endormis aux pieds du corail de nos sensibles

Au matin l'éveil n'est qu'un détail dans notre décelé
Les couvertures se découvrent d'elles-mêmes et ficelés
Nous réapprenons à vivre parmi les nôtres bien que nous ayons

L'ouverture de l'un à l'autre pour nous rappeler cette vérité qui
s'appartient Peu importe ce que dirons bien d'autres nous avons appris à
grandir ensemble Et nous grandirons davantage à nous embrasser comme
le premier soir jusqu'au dernier

Le verbe à l'acte

Le reflet à la soif le désir le désarroi prononcer sans annoncer sans
briser le miroir Que l'on ne puisse jamais réparer tant la confiance
ne s'impose pas elle se cultive Le soi se découvre de lui-même et
l'autre est un rappel constant à notre solitude

Un vide qui s'appartient et que nous ne pourrons jamais totalement
combler La complétion est un cheminement qui s'appartient
auquel nous n'avons Aucun contrôle et ne devons avoir aucun
désir sinon celui de savoir

L'autre en paix et en sécurité se savoir en paix et en sécurité
Se bâtir un bien-être d'abord puis laisser l'autre au puits
Le laisser trouver son chemin jusqu'à l'onde de notre eau

Sans faire de vague et sans ébruiter le reflet qui se dessine
Sans avancer la soif ou le désir le désarroi ou l'annonce
Parce que l'harmonie est un chant qui n'essaie pas trop

Mais qui ressent le chant de l'autre le soi qui revient
Comme une saisons existentielle revenue après
La sécheresse nihiliste d'une profonde peine

L'accomplissement

Le délire prend des allures de manteau de cuir mais à s'y
méprendre ce sont des clous Qui percent l'illusoire et transpirent à
contre-sens à contre-coup à l'encontre du bon vouloir
La chamaille se fait la cote au sein du penseur épuré qui croyait
bien savoir s'apprivoiser

Mais l'éducation est une côte d'ivoire aux pieds de la tour
occidentale qui s'oublie On se voudrait libéré et voir
l'esclavagisme enterré mais nous demeurons conscrits
Aux médias à notre bonne intention de connaître l'intention de
l'autre à rien au fond

Si on ne peut pas trouver cette vérité en nous alors l'illusion nous
aura conquis Le pardon est une clé enfouie au fond des précipices
réservés à l'orgueil Et l'or d'œil est un hors-d'œuvre qui plaît en
surface et en approbation

La libération commence par la compassion envers soi-même
S'accorder une chance d'avoir tort et apprendre sans gain
Sans quoi la soif sanguine sera sans faim …

L'ordre a des allures de vide médian
Qui perce le rien sans bien paraître
Et qui laisse les autres disparaître

L'indulgence à la rosée matinale

Le pardon est un bois sauvage parsemé de regrets à l'écorce sombre et asphalté Il étouffe l'envie de croître s'il est laissé entre les mains démoniaques de la douleur Puis s'estompe au moment de s'endormir dans un ouragan terne et lourd de pleurs

Bordant le trop-penseur d'une couverture osseuse aux cartilages de pantins Abordant le soupir sous aperts de lamentation à la manière d'un vendeur désabusé Il est plus souffrant de savoir que l'on a blessé un être cher que d'être blessé

La vengeance est un prêt impayé que l'on doit à soi-même pardonnons Accordons-nous une chance au parfum de doléance mais apprenons À prendre le carrefour des décisions à venir par le recul et la raison

Apprendre à respirer au-dessus d'une plaie ouverte pour que la paix S'ouvre à son tour et l'esprit s'entoure du vide médian au parcours Des élévations artisanales l'indulgence à la rosée matinale s'ajuste

Au son juste d'un balancier qui n'est plus trop penché vers soi ou vers un centrisme Où l'ego se fait maître et juge et non plus vers toi que j'apprécie comme tu le fais Le pardon est une volonté non-nécessaire lorsqu'on place les gestes appropriés

À te regarder enduire ton corps de mes rêves adolescents

L'huile coule le long de tes seins aux mamelons percés faisant reluire ton tatouage Comme une toile fraîchement vernie ton plexus porte l'image d'un opale que soutient Une colombe ou est-ce l'Émeraude qu'enfante ma romantique poésie éprise de ton âme

Tu nous regardes mais je m'imagine que tu ne vois que moi alors que tes mains dansent Le long de ton torse épandant l'essentiel au parfum de lavande en te massant le lactaire Tes lumières reflètent le long de ton corps dessinant des auréoles en forme de fenêtre

Puis tu baisse un brin le regard portant ton sourire à l'avant-plan pour jouir un peu En silence au fond de ton instance intérieure exhibée pour bâtir ton modeste bonheur Tes cheveux sont attachés et humides à l'image de ta personnalité réservée mais brave

Je me laisse séduire depuis l'abandon que je formule à chercher à mieux te connaître Et j'apprends à t'apprécier mieux pour l'être que tu dégages et moins pour le corps Qui m'engage parce que si nous devons vivre à deux et désirons vibrer heureux

Alors ces appétits liés à nos désirs innés devront laisser la place aux fondations D'un couple sain à l'écoute et serein je veux faire ma vie à tes côtés mon ange Et j'apprendrai à t'offrir le paisible qui se conjugue dans un à deux et à jamais

S'il y a une règle pour savoir bien boire

L'esprit enivré est un enfant insolant que la raison sobre doit contenir puis éduquer Le laisser libre cours à ses caprices voudra dire permettre l'apocalypse dans un verre d'eau Tout comme il incombe à l'un de connaître la limite d'une libation dans son temple corporel

Il incombe à l'un de comprendre les mécanismes complexes qui portent l'esprit du drink À contrôler l'esprit du drunk sinon le spiritueux aura des allures de quêteux chagriné Devant son téléphone à chercher une connexion bluetooth du cœur avec l'ex brisée

Toute relation a sa fondation sur la confiance et le toit fait d'une solide patience Il en va ainsi de la boisson nous sommes des funambules bien-pensants marchant Sur la corde raide des impressions qui nous entourent et les jugements de vautours

S'enivrer à la muse pour fins de poésie est une activité introvertie qui s'appartient Mais abuser du bon vin dans la solitude aura aussi sa certitude si le chagrin persiste L'isolation est un cheminement qui ne fait de mal à personne mais le soi acheminé

Doit d'abord apprendre à s'apprécier dans le silence le plus affable et boire sans plus Voir non plus au-delà des aspirations d'un moment enivré question de se savoir libéré Des soifs insensées et offrir à celle que l'on désire la liberté de nous revenir à son heure

La création au temps de la boisson

Une page épurée laissée plongée dans son nacre au firmament consacré
puis peinte de rouge Les mots sanguinolents s'inventent un sens que le
raisonnement subit dans l'inconscience Les syllabes pianotent des sons
sur le coin d'une table c'est un concerto pour mots avertis

Un plastron de marbre broché au verre avant la tempête tropicale dans un
shooter Bodhidharma vie à travers la fine membrane entre la sagesse
alcoolisée et le soi Philosophe ne pas retenir ses pulsions et ne pas les
laisser jaillir en geysers de feu

La maîtrise est un balancier autonome une respiration comme un buffet
Un pas comme une précaution on avance sans réfléchir et on réfléchit
Comme on avance alors que la vérité est un moment figé dans l'instant

Une parole sans vergogne au verbe flétrie sous un poids compréhensif
L'auteur se sentirait meurtri s'il sculptait l'expression de ses sentiments
Imbibé de bière vin et de vodka mais ses sentiments sont déjà vaincus

Il ne reste plus que ses doigts clavardant avec son œuvre et un sourire
Qui jaillit de lui-même et puis son acouphène qui ne le dérange plus
Il est le firmament consacré qui plonge la page blanche dans son acte

Bi-2 est le meilleur band new-wave de l'histoire

On trafique le bon-vouloir pour le bien-paraître et on s'étouffe dans une célébrité malsaine À trop chercher à plaire on laisse moisir au grand jour nos cadavres exquis et maquillés Jusqu'à redouter les regards opprimants des acteurs de l'illusoire douter du provisoire

Et se dire que nous méritons mieux dans ce vécu odieux que le minimum absolu Alors quoi nous devrions nous battre pour le médiocre que l'on vend à l'encan des fous Détester les acolytes de nos ennemies car nous serons plus grand que leurs satanés gourous

Ou bien nous déciderons de rompre les liens avec le théâtre d'ombres une fois pour toute Les puissances de ce monde éphémère et gocentrique puisent leur essence dans nos doutes C'est à trop vouloir pour soi que l'on se fait colon sur le continent indigène de qui on aime

On devient critique quand on échoue à devenir célèbre on se fait dépression si on prend Pour acquis les émotions tendues que nous ont tendu des aspirations athérogènes Échouées contre le sable hétérogène d'influenceurs morts sur le sein néphrogène

Du lait octagène d'un trafique du bon-savoir pour le bien-soit-îles quoi qu'il en soit L'algorithme est une bonne écoute d'une mélodie nouvelle chantée par un groupe Que l'on a appris à détester par manque de valeurs de mérites par humanisme

Déconnecter la toile neuronique

La vie est souffrance le tangible passage des auditoires à travers le tissage de nos moires À travers des mois à se revoir avancer aveuglés par les blessures ouvertes le cœur battant Les rêves abattus étranglés entre les mains des regrets l'avenir qui nous achève peu après

La vie est souffrance une forte répétition de mouvances immobiles à la balance fragile Un surplace morne et terne éternellement barricadé derrière des promesses empoisonnées Le vent de la traitrise soufflant dans le cou des angelots glacés aux engelures infectées

La vie est souffrance mais le réel ne l'est pas lorsque nous permettons aux changements De nous effrayer aux autres de nous déranger au passé de nous hanter au futur de nous Accabler d'une profonde lourde malsaine anxiété meurtrissant nos tempes et nos veines

Alors nous permettons à l'illusion de nous garder enchainé mais à laisser le changement Être ce qu'il est à laisser les autres être qui ils et elles sont à se laisser être comme on est Lorsque nous laissons le passé derrière et l'avenir non-existant alors nous devenons réels

Nous devenons le moment au-dessus de tout le souffle qui souffle sans remous l'air qui Ère sans s'accrocher l'ère aérée de l'instant qui vient et qui passe sans regarder derrière C'est ainsi que nous pourrons nous tenir debout les pieds dans la vie et l'âme dans la paix

La traverse moléculaire

Débrancher la conscience comme on ferme la télévision mais laisser le
courant passer Border le courant comme on souhaite bonne nuit mais
laisser la respiration passer Prendre conscience de la respiration comme
le nez au milieu du visage mais

Sans plus porter au premier plan de nos sens la sensation de nos
membres Ressentir ses doigts de l'intérieur puis ses mains son torse et
ses jambes La chaleur qui s'humanise le flot sanguin le bout des ongles
les cheveux

Mais sans plus laisser les pensées venir et s'en aller sans qu'elles ne
s'accrochent Sans que l'on décroche de ce courant qui nourrit le souffle
qui alimente le sang Que l'on sent former des rivières minuscules alors
que nous sommes immobiles

De marbre et de néant sans couleur et sans identité d'existence sans
texture À l'abri des noms et des compositions sans nervure et sans quoi
rien ne soit Le nihilisme tout puissant remplace l'enfer qu'est les autres
mais sans plus

La sauge emplis la pièce et la musique se fait relaxante il n'y a rien entre
Le soi qui se débranche et le soi qui se découvre ce néant ce vide médian
Tient en place chaque atome et chaque électron chaque molécule et
chacun

Pourquoi devons-nous méditer

Un sage un jour a dit que la Parole est un nouveau-né au textile animiste intouché Laissé vierge et loin de toute forme d'imprégnation à son environnement ni bon Ni corrompu ni mauvais sans nom sans patri ni culture rien qu'un nourrisson

Puis vient la peur le changement l'inconnu la pollution le bruit et l'inconfort Ce n'est qu'au toucher de la mère originelle que la Parole retrouve la paix La sécurité le sommeil l'environnement protecteur d'une famille aimant

En grandissant la Parole se perd et le langage s'installe le soi devient hybride Un composite de notre éducation notre rapport à notre nom nos semblables Notre culture nos alentours notre famille et puis nos amis nos connaissances

La Parole disparaît lorsque l'illusion devient notre unique point de repère Notre source de reflet la source de nos réflexions et s'installe un puits De bonheur et de dépressions de labeur et d'oppression d'angoisse

Mais au fond nous savons que le nouveau-né en nous n'est jamais Vraiment parti l'illusion ne fait que l'étouffer lui apposer une couleur Une raison d'être parmi les siens alors c'est pour ça qu'il faut décrocher

Prendre et laisser

Laisser l'espace libre et l'égo libéré le thorax bombé mais la fierté aux
pieds de la modestie Laisser l'autre faire sa vie libérer l'égo le thorax
bombé mais la fierté aux pieds de l'oubli Répondre à l'appel d'une
compassion aimante mais laisser l'espace libre et l'égo parti

Laisser l'espace vibrer et le soi libre le thorax bombé mais la Parole aux
pieds du soi Laisser l'autre faire sa vie libérer le soi le thorax bombé
mais la Parole liée à l'oubli Répondre à l'appel d'une compassion
aimante mais laisser l'espace vibrer et le temps

Le temps faire son temps faire son heure et laisser l'heure faire le sien
laisser l'instant Faire l'instant défaire le moment d'avant sans faire celui
d'après en autant que l'oubli Répond à l'appel d'une compassion
aimante mais laisser l'espace prendre son espace

Prendre le nôtre puis le naître n'être pour l'autre qu'un être aimant et
sans plus Prendre pour hôte le soi libéré du soi et prendre en soi celui de
son prochain Répondre à l'appel d'une compassion aimante et laisser
l'autre répondre

Prendre le temps de s'oublier se libérer prendre l'espace avec humilité
Prendre le reste et laisser le reste prendre un rien puis ne rien laisser
Répondre à l'appel d'une compassion aimante et enfin laisser faire

La voie du Bouddha

Dix mille bouddhas sortis de la terre pourfendant l'égo à coups de
cheminement octogonal S'approprier la barre de notre gouvernail
comme un capitaine ou un pirate éveillé À la recherche de navires
victimes ou de frégates prédatrices à sauver

Comme ces milliers ou ces millions de vies que nous croiserons
Le chemin à huit fois ouvert est plus un guide qu'une destination et ça
inclus : Écouter la Parole creux en nous avant d'en faire notre discours
ou la garder pour soi

Comprendre l'impact de nos gestes avant de les étendre vers la liberté
d'autrui Vivre à l'intérieur de nos moyens et partager l'excédent en bon
et dû pourcentage Apporter le geste compassionnel avec l'effort qui
revient à la réalité de notre offrande

Nourrir la paix intérieure pour que la Parole demeure d'actualité et
source de vie Demeurer en tout temps méditatif et en contrôle du soi pur
et transcendé Nourrir l'opinion qui soit la plus empathique et
compassionnelle

Choisir le geste qui soit le plus empathique et compassionnel
Un seul Bouddha suffit pour nous nous offrir la clé vers cette voie
Mais il en fallut dix-mille pour contrer la nature humaine aveuglée par
l'égo

Eva Dulce Vita (2024)

Carpe Diem est un point dans l'univers La vexillation d'un légionnaire à l'unicité absolue

Tu lui as parlé, finalement?

On naît dans l'obscurité totale pour apprendre les subtilités lumineuses à travers une jungle narcissique Je suis qui je suis ne devrait jamais causer du tort à tu es qui tu es

> Tu sais qu'elle ne va pas répondre à tes textos, c'est son libre choix.

Nous sommes gérant de notre croissance personnelle sous couvert de protection mutuelle et aucun narratif rassembleur ne devrait nous égarer du sentier d'un sainement s'aimer les uns les autres Ça commence par ici, maintenant. L'abandon du soi comme engrais psychologique, semence spirituelle, support des générations avenantes. S'oublier est d'un naturel aux couleurs prophétiques. Vivre ne fait aucun mal à l'âme qui se découvre d'une luminescence à la naissance adulte. Aime la pour qui elle est, et laisse la t'aimer à son rythme à elle. Le chaos se naos une pluie diluvienne qui nous ronge les os, mais le soleil s'intériorise à qui veut bien accepter le mi-chemin d'une pendule désœuvrée. Je ne suis pas de ce monde pour plaire, séduire ou même guider ces esprits névralgiques. Je suis ici pour me bâtir un passé paisible. Personne n'est le sauveur de quiconque, sinon de soi-même. L'humilité commence par un sourire. On laisse aller le cheminement des autres. On garde un œil serin sur le nôtre. Le singulier guide cette dualité aux myriades complexes vers un idéal conservateur. Laissons au libre arbitre le soin d'une compassion à saveur des cycles de l'or. Deux corps se touchent à travers un échange de caresses sans lendemain, mais chacun apprend les frontières de l'autre. C'est à travers cette souveraineté partagée que nous bâtirons un monde meilleur.

> Tu sais qu'elle pense à toi? Non, ma solitude. Elle pense à elle. Entre toi moi, j'espère qu'elle pense à vivre.

Conversation Subséquente (2024)

À trop vouloir, on oublie de s'abandonner. Tu te rappelles, Solitude? L'heure avarice à travers laquelle je m'angoissais de passions érotomanes?

> *Vivre dans l'ombre d'un trou noir affamé.*

Mon amour propre se vêtis d'une robe cadavérique. Je m'enlisais au fond d'un gouffre évidé, aveugle aux éclats d'un manque affectif. Seul le célibat me rappelait à la lumière.

> *L'estime partagé commence par un soleil de soi-même.*

J'aurais dû t'écouter depuis le commencement. Ta sagesse se percutait contre mes appétences assourdies, à la manière d'une voix frêle et douce ensevelie sous mes bruits hormonaux.

> *Il n'est jamais trop tard pour se civiliser.*

Tu crois? Et s'il m'était arrivé de cause du tort à autrui? On piétine souvent sans le savoir. Personne ne voit venir ces tsunamis hédonistes qui foudroient dans un orage de plaisirs.

> *Reconnaître ses torts et chercher la voie réparatrice.*

Si les corps s'appellent, le réel d'un bonheur en couple se peint des toiles platoniques. On n'est jamais vraiment heureux qu'en équilibre avec soi-même.

> *Parle-moi de ces autres muses au sourire intoxicant.*

Elles appartiennent au passé. Je suis le fruit métamorphique d'un long processus de découverte, un photon aux possibilités répétées qui s'affirme au bout des carrefours liminaux.

Dialogue de sourds un matin d'automne

As-tu barré la porte avant de partir?

      J'ai trouvé une vieille photo de nous deux!

Tu fais jamais comme tout le monde!

      On avait quel âge, tu penses? C'est flou.

T'as arrêté de me faire à déjeuner, pourquoi?

      C'était à la polyvalente! Regarde!

Il y a fallu que je monte les poubelles, à soir.

      Ah oui! On avait rejoint l'équipe d'impro!

Me semble que tu me gâtais, avant, au début, je veux dire.

      On était fous. On était des petits fous.

Tu me trouves-tu encore belle? Je me sens laide.

      C'est dans ce temps-là qu'on a commencé à se voir.

Tu vois-tu quelqu'un d'autres? Une étudiante, surement.

      Wow! Check celle-là! On était au Cégep.

J'haïs ça avoir quarante ans. Fais-moi sentir plus jeune.

      C'est à ce moment-là que je t'ai demandé en mariage.

Tu te laisses encore traîner? Tu sais que ça me tape sur les nerfs!

      Me semble que je pourrais être encore romantique.

T'as changé, je te reconnais tellement plus.

      J'ai une idée! Je vais te gâter, en fin de semaine.

C'est peut-être moi, mais je pense qu'on s'aime plus.

      Je vais te faire sentir comme au début de la relation.

Je vais peut-être aller voir ailleurs, moi aussi.

      C'est pas parce qu'on a vieilli qu'on peut pas être fous.

J'ai besoin de prendre une distance. Je pars en voyage.

      Tu vas adorer la surprise que je te prépare.

Cherche pas à me contacter. Je vais bloquer ton numéro.

      Ça va être magique, ma belle, je t'aime tellement.

Bye! Oublie pas de descendre les poubelles.

      Tu t'en vas? Tu reviens quand?

      Allo? T'as-tu barré la porte?

L'aube d'une histoire

J'ai pris mon café comme à l'habitude
Noir presque nihiliste et amer
Il goûtait les mots de Darwish
Que je me ressassais en pensant
Que son peuple ne danse pas sur Pat Benetar
Love is a Battlefield
Si on devait se retrouver
Au milieu d'une fin du monde
Est-ce que tu m'empêcherais de dormir
Je pense que je serais ta musique avoisinante
À trois heures du matin ou quatre
Parce que tu ne dois pas rêver
Garde tes pieds sur terre
Réveille
Rapproche-toi du feu
Les flammes sont encore vivantes
J'ai toujours ma guitare
T'es belle ma chinoise
Tu veux-tu une bière
Un shooter c'est moi qui paye
J'ai pas beaucoup d'argent
Mais si tu me donnes de la tendresse
Je vais en trouver je te jure
Pis si je te fais mal tu me le dis
Je vais faire de la poésie
Ça fait pas mal
Ça fait pas mal
Mais bon
Tu peux disparaître
Si c'est pour ton mieux
J'ai pris mon café comme à l'habitude
Noir presque nihiliste et amer
Il goûtait les mots de Cohen
Que je me ressassais en pensant
Que son peuple n'a pas le temps de chanter ses mots

Tu crois que tes lecteurs connaissent Mahmoud Darwish?
Ils ressentent Leonard Cohen.

Ce que je voulais te dire

Je veux pas te manquer de respect
Mais j'arrive pas à dormir tellement
Ton image veut percer ma peau pour être
Céleste une étoile une galaxie plus forte que moi
Donc je suis poigné avec mes mots pour exorciser
Mes pensées puis mes angoisses qui entendent ta voix
Je veux pas te brusquer si nos vibrations parlent pas le même langage
Mais j'aimerais que tu entendes la mélodie de mes intentions avant
Avant de me traiter de monstre ou je ne sais trop quoi
Sinon si on enterre nos passions pour éviter de blesser
Si on devient une sorte de peuple lobotomisé
On va faire comment pour rêver éveillé
On va s'effacer jusqu'à être plus petit que l'ombre de nos peurs
On va laisser les émotifs sans éducation nous écraser
On va rien dire parce qu'on est des bienpensants
On va pas se révolter parce qu'on veut pas nuire
À la cohésion sociale puis on va se laisser mourir
Comme je me laisse crever à pas vouloir t'effrayer
Je me fais plus petit que moi-même et je te regarde
Plus grande que ta réelle grandeur et je me dis
Est-ce que c'est vraiment ma vibration qui
Est en dissonance avec l'univers lumineux
Mes convictions t'intimident sans doute
La sagesse est un silence qui ne s'impose peu
Mais à trop se taire on n'avance pas je crois
Il y a des éléments dans mon physiques qui
Te révulsent et si j'insistais ils te révolteraient
La beauté n'a pas de patrie ni de religion
Et l'esprit non plus si tu me le demandes
Les corps n'ont pas à se réconforter
Mais la chimie le souhaite
Comme elle te le requête
Donc je n'ai plus qu'une question
Avant de disparaître pour de bon
Aimerais-tu qu'on grandisse ensemble

C'est déjà mieux, mais écris-tu pour elle ou pour toi?

L'immortelle; *j'écris pour nous deux*

Je t'entends respirer à travers mon magma

Les yeux mi-brume et mi-pluie avec un solaire

Qui perce le drap qui nous sépare alors que

Tes épaules franches agacent mon torse

Je t'ai cherché prophète   Tu caches tes Vésuves sous le coton

À travers nos murmures   Et contre les mamelons cloîtrés

Je t'ai envoyé le Silence   Appelant mes gustatives

*En émissaire doré*À découvrir le pourpre de ton corps

Tu m'écrivais   C'est le thorax bien ouvert

Cette lettre   La paume en place

Au fond   Que je te baise

Tu désirais   Du coin de tes yeux

Tu me désirais   Au carrefour de ton menton

Mais nous ignorons   Empruntant l'autoroute de ta gorge

Tous les deux ce qu'est   Ta peau est la primadonna

L'éveil et nous tombons   D'un orchestre de grande saveur

Amoureux dans le sommeil   Mes doigts s'évadent sur ton derme

Alors que du bout de mes ongles je trace

Le sigle de notre dernière conversation

Puis tu disparais en poussière sous les draps

Je réalise tout bas que tu n'as jamais existé

Le poète unicellulaire et la muse bourgeon

J'ai manqué ma shot
Me semble que je savais ce que je faisais, mais je suis passé tout droit
La muse s'est éveillé, un soir où le printemps demeurait endormi

Je vais m'essayer encore
Juste encore, une autre fois, t'es pas obligé de me répondre.
Son regard se perdait dans l'immensité d'une nuit impeuplée

J'ai le droit à une deuxième chance
Je vais trouver des meilleurs mots je vais en inventer au pire
L'aube s'offrait à son corps dénudé comme la rosée qu'on a violé

Fais-moi un signe
Je vais t'inventer un univers et je vais te l'offrir sur l'autel des faits
divers
Elle fixait les yeux du poète et se demandait si la nature insistait

Non, regarde, laisse faire!
Je pensais que t'allais m'inspirer une œuvre mais dans le fond t'es rien
La muse souffla un peu puis elle contempla la fleur de son âge

Aimerais-tu que je t'appelle?
Quand tu veux, quand t'es prête, juste pour jaser, discuter, n'importe
quoi.
Elle ressenti l'appel d'un poète au mutisme flagrant. Intriguée, elle alla
le voir.

Mais réponds-moi quand je te parle!
Dans le fond, t'es rien qu'une criss d'agace! Tu vas être angoissée toute
ta vie!

Le muet était tout ce qu'elle a rêvé de rencontrer.
Leur amour conquis
des mondes

L'hiver tendresse

Ordre

Disparate ordre

Tu te souviens de moi   Nautilus en colimaçon de flocons de vouloir

Approcher l'être en désert d'approbation spatiale   *Salut*

Le temps est une prostituée de Pristina

Je t'ai toujours aimé

Rejeter l'ordre rejeter la paix vouloir la guerre

La souffrance est porteuse de création *T'es pas obligée de me répondre*

Ordre

Disparate ordre

Je peux t'inviter pour un café si tu veux Escher qui espère une fugue de Bach

Se désister de l'être qu'on ne veut pas trop secouer   *Salut*

L'attraction est un vampire qui s'empire

Juste un café c'est tout Rejeter l'attraction rejeter la paix vouloir l'angoisse

L'amour c'est s'abandonner à la confiance *Soyons amis ou connaissances*

L'univers est froid

As-tu froid

L'ignorance et la peur fomentent la violence

T'as peur de quoi

L'éducation est reine

Prends-moi et apprends-moi

Seconde conversation avec la solitude

As-tu fait le ménage? Je te sens moins tendu; tu penses encore à elle? J'ai l'impression que tu me recherches à travers un silence percé de lumière.

        Je ne pense plus à rien, Solitude.

Tu parviens à tracer ces vers? Fondre le permafrost pervers qui fige ta pensée dans l'inaction? Je sens que bien des pages naitrons dans les nuits qui viennent.

        Qu'ils naissent à leur heure, alors.

Tu écoutes ces mêmes complaintes en boucle. Tu aimes te torturer à coups de chants nostalgiques?

        Je prends l'étang que le temps m'offre.

Tu plonges et tu nages dedans ou bien tu le glaces comme ta nonchalance et tu patines pour fuir la patience?

        Je m'efforce de respirer

Et la laisser respirer à son tour?

J'apprends à vivre avec toi, Solitude, et j'espère qu'elle saura.

Vivre avec moi?

        Vivre… sans plus…

        Alors continue à écrire.

L'offrande (1998)

S'offrir la nuit dans une coupe de cristal fin
Orné de rubis nos serments les plus nobles
Et boire le nectar de célestes vignobles
Jusqu'à laisser l'oubli effacer l'ignoble
De nos trahisons improvisées puis dormir
Jusqu'à ce que l'ivresse de la veille dégrise
Quand nos maux de tête font ressentir leur emprise

C'est aussi se dire que nos disputes sont éphémères
Comme le sont nos plaisirs nos passions et nos songes
Et c'est un quotidien qui doit être sans surprise
Sans affront qu'un instant aussi humble que bref
Ni plus surélevé et ni moins amoindri
Ni prodigieux et ni asservi qu'un moment
Que l'on s'offrira la nuit dans une coupe fragile
Orné de notre modestie la plus tendre

Mon œil (1997)

L'œil solitaire de l'art réprimé s'enfuit
Et deuil seule la Terre-Dollar déprimée enfouie
Océan se défoule aux séances des foules
Et crame la vie merdique des moutons travailleurs

L'ego hisse la voile égoïste des mers en boules
À quoi tique l'œil aquatique d'un nerf bleu-antique
S'offre un monde de consommation et labeurs
Vendant des restes vert-cendrés en promotion

Ici on fume à la chaîne pour mieux s'évasion
D'un social systématique qui plaît aux voleurs
Et plaie les cerfs des saigneurs aux banques de crédit

On s'achète l'image d'un mannequin idyllique
Pour répondre aux besoins de tailles mythologiques
Que l'on crée aux banquets de profits prolifiques

Et puis là-bas on baigne cet œil rond marginal
En marre et rats d'un règne noir corromps nuptial
Et encore plus bas on saigne le Moron banal

Réflexions dans l'infini d'une seconde

Le nu ver porte son regard dans une valise galactique qui ne tient qu'à
un fil de soi
Suspendu à sa toile de quartz comme un amphibien céleste
Il observe le fragile en peaux d'ivoire et se demande
Si l'y voir l'observe sous un œil de jade
Le placide aux mœurs inégales se raconte des légendes sous le couvert
d'idéaux nocturnes
Bien ancré dans son existence larvaire, les cieux lui faisant couverture
Il rêve qu'il est un poète rêvant d'être un insecte
Les astres le soulèvent comme une feuille qui valse avec la brise
Et la vie lui peint une moitié à la douceur de marbre
C'est dans ce songe que je t'ai aperçu
Ton corps portait les marques d'un fantasme de Baudelaire
Avant qu'un intimidé canin ne t'ai vu
Il y avait le cosmos dans ta révulsion oculaire
Alors que les nervures sanguines sous tes paupières reposaient
L'immaculé sur les genoux de l'immatériel
Était-ce la mort qui t'a enveloppé ou l'oubli de ma personne
Les soubresauts de nos tentatives de séduction nous ont plongés
Dans un bassin de bruits de fond
Un récif ravissant sur lequel bassement dormir enlacés
J'ouvris alors mon regard en ta direction
Je donnerai court à toute mon admiration
Le ver observera la splendeur de ton cosmos
Le sourire béat et la contemplation ouverte
Ton corps dénudé invitera les couvertures à s'enfuir
Et je resterai là pour te chuchoter bien bas
Je t'appartiens je suis à toi fais-toi plaisir
Sois mon karma mes gunas et mon dharma
Je veux te faire l'amour comme d'autres se font l'ardoise
En coups de craie calculé contre ton antre pénombré
Au nombre inimaginable de moments de bonheur
Pour s'éveiller au creux de ces lendemains
Endetté de plaisirs et à se faire des promesses printanières.
Et si l'eau-Dieu coulait dans nos vaines intentions de plaire
Si nos mémoires reflétaient des instances au grégarisme incertain
Alors, me mettre à nu saura-t-il répondre à se mettre à jour

Et maintenant?

L'entre-nous

Et si le bonheur était un éclairci d'âme que l'on nourrit À petites
bouchées de sourires déliés Une vallée muette sur laquelle on ne
distingue plus Notre regard de celui que nous promulgue l'horizon Pour
unique arbre fruitier des souvenirs incolores Et sans forme qui marinent
dans un respire continue Sans frontière entre l'atmosphère Et l'air que
nous nous époumonons sans nous essouffler

Alors c'est ce que je t'offrirais chaque matin Pour voir reluire au fond de
tes fenêtres Ces mélodies silencieuses sentir renaître Dans l'agrément de
nos libertés ces promesses Sans engagement ces émotions sans
fondement Ces souverainetés sans frontières et sans porte Ces amitiés ni
trop intimes et ni trop sœurs ou frères Le bonheur d'être ensemble tout
simplement Tu sais comme lorsque nos présences

Dans ce terrain neutre suffisent à nos entrailles À ce bien-être
gauvreauesque qui représente Notre idylle sans le tragique des affections
asymétriques Ces prières que l'on garde pour soi-même Demandant aux
puissances cosmiques et universelles De protéger l'être aimé sans
s'imposer Sans quitter le confort de notre balancier C'est le bonheur
partagé idéal Le mystique de nos idées primales L'alpha que l'on
délaisse avec les masques

Pour se retrouver précaires devant l'émule Solidaires sans le rechercher
ouverts sans se déchirer À signer des contrats avec notre conscience
Rédiger le transcrit de nos conversations avec la solitude Parce que
l'amour véritable est d'une fragilité incroyable Et si je demeure de
patience et d'une fortitude honorable Si je demeure l'amical amant et
l'admirateur aimable Si je désire ardemment t'attendre et tendrement
t'atteindre Muse de ma mélodie sans son c'est pour bâtir avec toi
L'intemporel des âges sous l'accalmie des instants éternels Détruire ces
forteresses narcissiques et voir l'égo perdre son centre Parce que
puissions-nous vivre en paix avec nous-même Pour grandir en amour
avec l'autre revenir en paix avec soi-même Pour respirer l'amour de
l'autre en paix avec lui ou elle-même Revenir à l'instant de notre
première foudre Pour retomber en amour au lieu de se perdre
Mon ange Elsa de mon Aragon bonne nuit et je t'aime

D'absinthe et d'eau douce (1999)

Déguster le lait d'Hathor sous le sistre d'Ihy
    Lentement laisser la demeure d'Horus nous ceindre
        D'un collet houblonné texturé d'une crème fissurée
        Comme si l'esprit parvenait à respirer avant de goûter
        À la beauté liquéfiée d'une laudatrice en robe de satin
        L'ivresse est un chantre canonisant l'instant qui passe
        Ou le diabolisant sous ces opaques voiles de noirceurs
        Qui vous prennent par la conscience comme un pantin
        Aux ficelles emmêlées aux doigts d'un chaos karmique
      Hélant l'espace huileux d'un somnambule maladroit

Les réflexions insincères (1999)

On s'impose un miroir de coton le soir des vidanges mais on se garde une gêne
minutieuse quand vient le temps de séduire le livreur
        On réécrit l'œuvre des plus grands pour se convaincre de notre
propre grandeur d'âme mais on rétrécie dans l'eau froide d'un lecteur critique
        On écrit pour soi
      Qui nous découvre nous suit

Le sentiment d'être ensemble

Je ressens les bras de ma muse qui se resserrent autour de mon torse
Avec cette amicale chaleur qui me renvoie à nos discours
Voilés de regards fuyants la romance pour lieu de faire la cour
La page blanche m'observe et j'y retrouve l'ombre de mots arrachés
À l'aura d'un parfum et l'arôme de lèvres sobrement panachées
Si au moment de la distance ce vide se fait un gouffre et se corse
Par l'absence de réconfortants baisers alors l'univers sait
Reconnaître le placide dans le solacier des solitudes
Et l'amertume acide des salaces nés de sollicitudes
Je ne suis pas seul si j'ai à mes côtés son souvenir qui me berce
Comme de divines paroles d'eau sous la constellation que nous verse
Un chœur chérubin qu'un autre dicte à notre présence les versets
Qu'un troisième livre au sacré le fruit de cette union esseulée
Le soi est une multitude saillante aux contours océans
Qui n'est jamais isolée vraiment lorsqu'elle porte un sourire au néant
L'être est une plage qui attend la marée pour se perdre dans les fonds
Inconnaissables pour n'être plus qu'eau et sable sans sol ni plafond
L'autre est un soi qui se fond à l'être en front chaud calme et salé
Si dans ce métissage des accalmies d'ascèse la nuit retrouve
Le goût du jour alors c'est ainsi que j'embraserai ma muse
Je l'embrasserai à nu et sans gêne au moment d'ouvrir les écluses
Car aucune passion ne doit s'échapper sans qu'elle ne soit communiée
L'empressement est un piège que l'assoiffé voudrait absolument nier
C'est dans l'exil sans monde d'âmes qui s'aiment que le bonheur se trouve
Il n'existe aucune déclaration d'amour noble si précipitée
Non plus dans l'assouvissement de l'immature égo la noblesse
Vient à se créer un quotidien vêtu de nos paroles de sagesse
La patience sous une robe de résilience est la mère des jours heureux
Le regret sous le poids des faux pas est l'angoisse d'un asthme peureux
Et seulement que le mot d'un vide médian mérite d'être cité
Sache mon amour que dans le calme on ressent le mystère des mystiques
Ces voix qui t'interpellent à cette voie qui te rappelle le soi que j'aime
Hors des cavernes foulées par la masse une lumière répond à un thème
Le platonique des illuminés ou bien l'amitié hermétique
Le grandiose des petites personnes à la bonté à fleur de mythique
Le sauvage qui a vu Dieu en son sein lui offre un œil domestique

La Rue Sainte-Catherine, l'été

C'est un néant à la canicule sans épilogue qui pourchasse les terrasses
Alors que les foules se font océanes dans les rues aux voitures bannies
Le penseur contemple l'inconnu en forme de forêt sombre étouffant les rêves
Pour laisser l'angoisse libre une forêt qui ne l'atteint pas car il demeure détaché
Libéré des liens de vermines qui rongent nos espoirs jusqu'à laisser la voix
Cadavérique hurler qu'elle ne veut pas mourir une voix de haine et de peur
Qui guide nos entrailles jusqu'à ronger la viande sur nos os nous laissant
Ensevelis sous la terreur mais il boit sa bière plissant ses commissures
Sachant la souffrance qui arpente les rues et se cache sous les chaumières
Recherchant cette voix de lumière qui guide nos viscères au calme sans plus
Aux émotions domestiquées sans plus le monde peut bien brûler
Les démons peuvent toujours s'élever mais la raison et la bonté
Sont les toutes puissantes alliées d'une cohésion sociale
Et le poète retourne à sa sphère déliée pour pleinement vivre
Ce moment et se dire qu'il est prêt à mourir sans le rechercher
Simplement à laisser derrière ce printemps et cet hiver
Ces regrets amers et ces doutes ces inquiétudes
Ces religions et ces spectres la conscience est autre
La mélodie est autre et le bonheur est centriste
Sans tristement se laisser abattre il se fait plaisir
Entre le métal luciférien et le métal chrétien
Il y a une multitude de synapses musicales
Qui cherchent à se défouler
Exprimer leurs valeurs de droite
Ou de gauche… exister…
Exister et se savoir d'existence
Que ce soit pour soi ou pour l'autre
À saveur bouddhiste ou athée
On est ce que l'on est l'univers est ce qu'il est
Si le karma danse entre ces pôles d'une ombre indéfinie
Le dharma demeure de marbre et de lumière
Et dans l'incertitude de l'infini...
On se forge notre culture mélodieuse bien définie...
L'estival est un moment qui embrasse les festivals
Jusqu'à n'être plus qu'un souvenir délaissé
Puis ce sera l'automne et l'hiver
Un jour ce sera le dernier
Mais le poète au détachement sensible
Se dira j'ai aimé Je peux mourir

Les Foufounes Électriques

Le calme avant la tempête c'est aussi l'âme créatrice qui contemple l'univers
Tente de ses doigts l'écran lumineux qui reçoit sa poésie sous un déluge
emphatique Ouvert de son souffle étalé sur la table portant la langue de l'esprit
empathique En quête d'une lèvre ou d'un palais d'une chaleur ne serait-ce
lymphatique À la nymphe amicale qui l'affecte de tous ses sens jusqu'à jouir de
son essence Dans les satins constants d'une confiance que l'on laisse éprise de
son aisance Ces jurons que l'on conjure pour éloigner les élans et il s'avancerait
là Mais il se calme... il se retire...

L'amour platonique c'est l'ouverture de l'âme et le don de la vérité du soi
La muse ne doit pas être violentée elle doit converser sous les couvertures
Et son havre gamin qui le rappelle aux jours adolescents aux soirs adulés
C'est son bar favoris sans un esprit fêtard un spiritueux sans qu'il soit trop tard
Une conversation avec la tentatrice une pensée pour la cantatrice
C'est une attente latente qui n'en finit plus de promettre la catastrophe
Mais qui ne tient jamais sa parole tant le sourire de celle qu'il aime démilitarise
Il s'impose un brin... il attend... L'amour physique c'est la tendresse ouverte et
l'acceptation de la vérité de l'autre Puis c'est dans un souhait de nuit bonne
qu'ils se retrouvent Au fond des dédales imagés à coup d'images éphémères

Des cuisses abstraites qui promettent l'entre-jambe impromptu Des visages
inconnus que le silence aura sculptés Des torses cryptographiés sous un bustier
Des formes aux pixels de chaleurs pullulantes Il porte une caresse à sa main...
Des milliards de sans amour s'abritent dans l'esseulé des jamais plus Et ils se
sont retrouvés devant le corps sacrifié de Thisbé À se regarder sous la musique
d'ABBA la romantique Pour se demander si l'origine des ébats pathétiques
Miroite ou non le mystique exploréen égaré

Malgré le nerveux des nervures d'incertitude
Elle porte sa main à sa caresse...
Sous la voix de Corvelle au fond de la forêt des malaimés
Il porte sa charge à fleur de peau éthylique
Et l'original perd un soi-même épormyable
Je suis le speak white bien pensant
D'une nuit de poésie à l'éveil de toi-même
Mais à quoi bon faire la tempête si on garde l'autre en aversion
Il retourne sous sa couverture...
Le calme c'est la compréhension sans condition
Le sourire sans question et l'approbation sans angoisse

Le Crépuscule

C'est l'entre deux qui s'invente une folie passagère
Entre les chagrins des chances jetées à la poubelle
Et ceux des doléances du fantasque qui en a trop fait
Il y a le médian binaire qui s'étire éternellement
C'est au fond de l'éther que les terres ne sont plus
Et la conscience est éveille et veille sur le vivant
C'est l'entre deux qui se fait membraneux
Protecteur sans carapace déserteur présent
Le pas chancelant qui fonce décidé
Le paradoxe de toutes les vérités
Le nouveau jour que l'on se promet
Sous un serment étouffé
Ces je n'aimerai que toi
Qui se perdent
Dans le regard
L'entre deux
C'est un maintenant à la fois
Que l'on maintient à la foi
Entre l'indépendance et le devoir
Au fond des lustres informes
L'entre deux est entre nous
Et ce sont des mondes de différence
Qui nous donnent soif de délivrance
Le bonheur d'être seuls en couple
Sans chercher l'approbation
Sans quémander l'affection
Simplement à l'offrir sans
Demander son reste
Parce qu'il y a les gestes
Qui prouveront mieux
Que les phrases
Que s'aimer au-delà des phases
C'est être si stable et distant
Que nos âmes seront à jamais
Entre deux instants
Unis pour l'éternité

Lettre à un cousin parti trop tôt

C'était ta voix, je crois, qui transperçait la membrane du Voile pour m'interpeller J'avais passé au moins trois jours à méditer, prier, implorer l'inconnu de te prendre dans les bras de Charron, pour t'emmener de l'autre côté, sain et sauf. Tu m'as dit : Merci… je crois, je l'espère, comment pourrais-je savoir si c'était toi ou si c'était ma souffrance qui s'exprimait? Je me rappelle avoir lu la Bhagavad Gita un million de fois, en m'imaginant être ton âme qui cherche à passer de l'autre côté.

Il y avait un mutisme entre nous, mais une admiration de ma part qui n'eut d'égal que la douleur que j'ai ressentie, lors de ton départ. La vie se poursuit, le monde continue, le tracé qu'on n'a pas choisi se fait son Etch a Sketch malgré nous, et il ne reste rien pour les optimistes immondes, qu'un semblant de chanson qu'ils se chuchotent dans le métro. Tu étais un frère pour mes frères, et je t'idolâtrais comme un autiste qui découvre les sens des autres. Nos mères s'aiment encore, mais tu n'as pas pu voir la tienne disparaître, je ne vois plus la mienne non plus. Les temps changent; les bonnes personnes partent trop tôt.

Mais l'amour demeure. Maladroite, on ne sait pas, on ne sait trop, mais elle est là. On s'est connu depuis les balbutiements d'une expression envers une femme, et on a voulu comprendre ces chuchotements entre hommes, mais on s'est aimé dans le placide d'une famille que l'on tardait tous deux à découvrir. Parfois, il faut garder son émoi pour soi, et laisser les autres se noyer dans leurs tentations. Se tenir fort et sans concession; se tenir calme et sans confession. Charron demande une pièce, et ce n'est pas une monnaie… c'est un virus qui te guettait depuis ton enfance, attendant l'innocence et l'illumination pour demander aux Titans de cet univers s'ils peuvent les laisser passer de l'autre côté sans faire souffrir des anges…

C'était ta voix, je sais, qui perçait la peau de mes semblables, qui sait si les pucerons s'inventent des missions de conquêtes? Combien de millions de souvenirs perdurent à travers les milliards d'humains qui se souviennent du suicide d'un être qu'ils ont aimé?
Ce n'est rien, cousin, je t'aime encore… dis bonjour à Charron…
Donne-lui notre boucle d'oreille, tu veux-bien?

L'After Hour

L'aventurier en peau de cire a quitté son confort frais
Pour rejoindre les pays échaudés d'une vie meilleure
Il gardait en tête des souvenirs huileux qu'il voulait
Voir disparaître sous un marchepied de bronze
Mais l'avarié des pierres de lune est sans pitié
L'angoisse attend sa proie sous un palmier près
D'un lac à l'eau épurée
La beauté n'existe pas
L'acceptation seule
Est reine
On apprivoise ceux que l'on aime
On se donne en chair animale
Sans imposer un reste
À en oublier les pentes abruptes
Et la brutalité des vents contraires
Ces tempêtes aux attentes charnières
Glacent nos visages à l'entrée des dialogues
C'est comme si les éléments mutins
Se faisaient cohortes contre notre cohésion
La distance ne tient aucune ficelle
Que s'éteigne le virtuel ne nos
Croisements pour que naissent
Et connaissent nos matins
Aux baisers retrouvés

Le lendemain de veille

L'intensité des mots se perd dans le trafic d'une pensée bien aimante
Celle du geste se perd dans des attouchements égocentriques
Le jardin onirique n'est plus et les bonnes âmes se vendent
Dans des jardins onéreux de marchands d'huiles serpentines
Vendus au commerce des âmes qui craignent la perte de plaisir
L'âge qui s'étire la jeunesse qui se tire la vie qui se fait dominatrice
Sur la conscience qui ne veut pas mourir, mais la passion nous prend
À la gorge chaque fois

L'univers étend sa conscience sans cesse, et parfois s'arrête pour renifler
Le derrière d'un organisme possiblement compatible à la procréation
De l'espèce vivante, mais la poésie s'apparente à la culture d'une vigne
givrée aux fins de vin de Glace

Un peu de patience pour un temps qui n'en finit plus et une douche
froide pour une cuvée qui partagera son esprit à un poète en quête d'une
muse incomprise
Le passage des moires assassine l'espoir des rêves délaissés
La jeunesse ne brille qu'une fois

Les générations s'empilent et s'empiètent comme des émulsions tièdes
Faisant pression sur la vie refroidit celle qui attend sa vacuité finale
Le feu perce à travers les âges et le faisceau de verre reluit au cœur
Des enfants immortels

Zen

Je ressens les bras de ma muse qui se resserrent autour de mon torse
Avec cette amicale chaleur qui me renvoie à nos discours
Voilés de regards fuyants la romance pour lieu de faire la cours
La page blanche m'observe et j'y retrouve l'ombre de mots arrachés
À l'aura d'un parfum et l'arôme de lèvres sobrement panachées
Si au moment de la distance ce vide se fait un gouffre et se corse
Par l'absence de réconfortants baisers alors l'univers sait
Reconnaître le placide dans le solacier des solitudes
Et l'amertume acide des salaces nés de sollicitudes
Je ne suis pas seul si j'ai à mes côtés son souvenir qui me berce
Comme de divines paroles d'eau sous la constellation que nous verse
Un chœur chérubin qu'un autre dicte à notre présence les versets
Qu'un troisième livre au sacré le fruit de cette union esseulée
Le soi est une multitude saillante aux contours océans
Qui n'est jamais isolée vraiment lorsqu'elle porte un sourire au néant
L'être est une plage qui attend la marée pour se perdre dans les fonds
Inconnaissables pour n'être plus qu'eau et sable sans sol ni plafond
L'autre est un soi qui se fond à l'être en front chaud calme et salé
Si dans ce métissage des accalmies d'ascèse la nuit retrouve
Le goût du jour alors c'est ainsi que j'embraserai ma muse
Je l'embrasserai à nu et sans gêne au moment d'ouvrir les écluses
Car aucune passion ne doit s'échapper sans qu'elle ne soit communiée
L'empressement est un piège que l'assoiffé voudrait absolument nier
C'est dans l'exil sans monde d'âmes qui s'aiment que le bonheur se trouve
Il n'existe aucune déclaration d'amour noble si précipitée
Non plus dans l'assouvissement de l'immature égo la noblesse
Vient à se créer un quotidien vêtu de nos paroles de sagesse
La patience sous une robe de résilience est la mère des jours heureux
Le regret sous le poids des faux pas est l'angoisse d'un asthme peureux
Et seulement que le mot d'un vide médian mérite d'être cité
Sache mon amour que dans le calme on ressent le mystère des mystiques
Ces voix qui t'interpellent à cette voie qui te rappelle le soi que j'aime
Hors des cavernes foulées par la masse une lumière répond à un thème
Le platonique des illuminés ou bien l'amitié hermétique
Le grandiose des petites personnes à la bonté à fleur de mythique
Le sauvage qui a vu Dieu en son sein lui offre un œil domestique

Guna

L'attachement est une chaine qui nous fait souffrance
Un noir jaune blanchâtre sur l'immaculé
La tache originelle des vierges émasculées
Les détritus laissés pour compte qui veulent mourir
Sous d'ambitieux vampires qui viendront se nourrir
L'acharnement est un charnel sans bienveillance
Les blessures sont des tatouages d'un âme endormi
Qui voulait se sentir apprécié au-delà
Du verbe ou du silence mais le cancrelat
Hante le plus bas des visionnaires le Guna
Traumatise le légionnaire et puis l'on n'a
Qu'une masse qui veut aimer comme des fourmis
L'attachement fait une haine qui nous laisse souffrants
Un soir jeune et sans charte c'est la tradition
Puis aller vers l'étranger c'est la perdition
Mais nous le connaissons ce n'est pas un nombre
Nous sommes un frère un ami et pas une ombre
Or pourquoi vouloir aller vers le plus offrant
On se détache pour mieux et on s'en fiche
Les Gunas veulent notre peau n'auront pas nos morts
Nous sommes des lumières sans attache et sans trésor
Sensibles à la vertu qui se sait d'outre monde
D'un paisible contemplant l'esseulée onde
Jamais un amour véritable ne s'affiche
Il se laisse aller bien esseulé et sans plus
Les Gunas doivent mourir la vertu doit vivre
Ne serait-ce qu'à travers les mots d'un livre
Je me détache et je te laisse ma muse grandir
Un jour nous regarderons derrière pour nous dire
Peut-être qu'en d'autres circonstances on s'est plu

Mais à trop réfléchir on vient qu'on ne sait plus…

Le Nombre Deux : Alchimie

Bal

Bu

Ciment

Le point mort

Barbu sciemment d'or

Le point d'ancrage aux hors d'œuvres

Le petit rien nouvellement dépeint dans l'éther

La Terre qui s'éteint à travers des âges ingrates et sociopathes le néant guette

Comme ces musiques qui n'orchestrent que le chef à la base de l'œuvre… un peintre sans titre qui sacrifie une vie pour se titrer à travers une culture sans vie, une vitre sans elle, un culte sans vision, un ion sans soi, sans quoi, sans toi il n'était plus rien… plus qu'un nouveau-né… une nouvelle histoire, encore une tentative de savoir sans y croire.

Conversation sur le Passé (2024)

Tu nous offres ce recueil contemporain comme si la poésie t'habite depuis peu.

Je ne suis pas né poète, belle Solitude. Tu m'as sculpté ainsi.

Parle-moi de ces fragments.

Ces bouts de rien? Dans cette période Alexandrine?

L'émotion qui s'y fige n'est pas à négliger. Dis-moi, tu aimais des muses dans ta jeunesse?

Autant que je crains celle-ci s'effriter à mesure que s'effacent les années.

Ne crains pas la mort, tu sais bien. Elle et moi nous sommes siamois.

Très bien… fut un temps où l'éveil s'assombrit derrière un sourire.

Ce corps filiforme hurlait les bienfaits d'une vision déclamée, sans pour autant ressentir la réciprocité qu'il désirait comme l'enfer recherche l'hiver. J'ai ressenti le vrai d'un amour naissant pour chacune des muses présentes dans ce prochain segment. Il n'en reste plus qu'un saignement reproché, pour un passé maintenant décroché.

Idéalises-tu l'amour adolescent?

Plus maintenant, mais toute ma vie durant, oui, certainement. Seulement, je craignais l'isolement, je maudissais éperdument ces soirées en solitaire, alors que l'univers se réchauffait en couple. Si on me demandait mon avis sur l'ouverture et l'écoute, je répondais que je n'étais malheureusement pas aussi souple. Je finissais mes soirées seul…

toi, tu cognais à ma porte.

Encore ce soir. Tu me montres ces parchemins de ton passé?

Loï et Kao (1996)

Au soir, l'aurore avait son Boréal en Braise
Et les cieux rougissaient leur noir, leur indigo.
C'était un jour-nuit où les contrastes à l'aise,
À l'heure, à l'or, donnaient puissance au grand Kao.

Au nocturne, les sols frêles frissonnaient en grise,
L'herbe valsait au souffle d'une douce brise
Où Aravot, loin au loin, nous faisait la bise.

Au matin, l'air s'est fait d'orangés nuages
Et des rosés en givre pour soins d'image,
Ah! Les anges... puis Amon tournant la page.

Au clair, c'est un bien d'être bien qui nous poumonne;
Un aimons donc tant que l'on s'aime et l'on pardonne.
Et du globe, tout autour, de New-York à Hanoï,
Tout le monde chantait l'arrivée de tendre Loï.

Si Gauvreau m'entendait (1998)

Un traitement de banal est un trait sonneur.
Les sursis d'un sourcil balayant son heure
D'une pensée pansant les yeux déjà fermés.

Le très tuement de Baal est un très assommeur
Lait sure. Si d'un sour cibal ayant semeur
Dans une panse pansue aux yeux des affaires Me,
Alors Enlil s'est tu aux néologismes.

L'attrait! Tu mens! Deba Nalèh est tresse somnole.
L'ésursid'hun, sous récital ayant ce mort
Sous un Pan sépensu, aux jeux de Zaf, est rimé.
À l'or, hein? Ne lie ces tus qu'aux nez, aux logtismes.

Et plus l'innocence sans fond s'enfonce au creux
Du cratère des inconsonnes inconscientes,
Près des incibales, des insyllabes et des anti-voyelles
Et plus l'enqueunitête, sans tête et s'entête, toujours,
À vouloir des mots sans but qui s'embut et s'en butes.

Éplu, les cons grisant font cent fonces aux crédits,
Critères des incons, sonnets concis en déprêts désices,
Bal des inscils, abbé des ans tivots à yeller.
Plus l'an que ni tête, sans tâtons sans tète, tout jouravoux
Loirdé morsant Buki, sans butter cents brutes.

À l'orée il faudra prendre ces messages (1997)

Et si un jour viens-tu à perdre ta splendeur
Ou si un lourd lien dure, à perte, à se plaindre.
Que m'entends-tu, sarcastique un soir, à geindre,
À pleurer ta jeunesse fuyant en lenteur.

Et si notre amour s'apprête au réchaud banal,
Aussi notre âme sourd, après forts chants de chacals,
N'entend plus nos *je t'aime*s mais plutôt nos ménages.
Si je nuis après le rêve quand viendra l'ouvrage.

Oh, s'il vient des frustrations après le mariage.
Trop se voir, jour et nuit, vivre à deux en bocal.
Lorsque surgiront nos défauts les non-moindres,
Ayant l'impression de s'encombrer, j'ai bien peur.

Lorsque l'on doutera, redoutera notre bonheur
Quand le quotidien sera le plus à craindre.
Si un jour tu pleurs, je pleurs, l'on cri au normal...
Alors il faudra apprendre à s'aimer-sage.

La détermination d'un artiste (1999)

Et si seulement la ténacité s'exprimait
Face aux montagnes qui forment l'impossible.
Elle leur dirait, d'un regard fixant sa cible:
"J'ai, sang froid aux yeux, chères sœurs, envie de sommets!

Que la pluie goutte, qu'elle goûte la mer, le sucre,
Que l'arc, en ciel azur ou doré, triomphe
De l'archange azraé qui dort ou cri, ronfle.
Que mon âme, au sein du corps, en faim s'enlucre!"

Elle leur dirait encore: "Obstacles! Je crains guère.
J'ai peu peur des martèlements cardiaques d'un tambour
De neige et de roc où traque le trac d'un temps lourd.

Les rêves futures se présenteront au jadis
Car il n'y a rien de plus noble, en ces temps misères,
Si ce n'est la détermination d'un artiste!"

Mort d'une nymphe (1997)

Hors maintes fois on lui a posé cette question
Qui raisonne trop fort, alors au bord d'un faux bond,
Dans sa tête en quarantaine... c'est carême, à quoi bon...
Dans son corps dépassé dansent encore des passés
De jeunes vierges portant des masques de salopes.
La top-modèle, reine de porno, n'eut point assez
D'une vie débauchée qu'elle se craint, là, mise en trope.
Où êtes vous, beaux Apollons à l'organe brandi?
Tendres lesbiennes, où sont ces jours cunnilingues
Où la beauté innocente rejetait ses fringues
Pour plaire à l'extase et aux drogues du lundi?
Où sont les orgies filmées quand ses fermes cuisses
S'ouvraient à un zoom et des milliers de dollars
Pour faire ce qu'elle aime, l'amour dans de beaux chars?
Et ceux qu'elle croyait d'amitié, autant qu'elle jouisse,
Ne lui parlent même plus, non, car elle décrépit.
"Où es-tu quotidien des baises sur le tapis?
Ne suis-je la plus belle, ou bien n'étais-je qu'un produit?"
C'est tout ce qu'elle connu d'amour, amèrement,
Soit la tendresse dans la soie des noirs jarretelles.
Sa vie à l'image des shoots à l'héroïne
L'entraîne au gouffre d'un bien cruel aujourd'hui.
Les meilleurs temps ne durent qu'un souffle; les plus dures
Les suivent de près. Alors c'est l'enfer qui perdure.
Il pleut à si haut et quand même il fait beau, il bruine.
La question, Ô déesse déchue de l'orgasme,
T'attriste clair comme si ton âme éprit d'asthme
Te refusait des larmes ou charmes d'un amant:
"Que feras-tu quand ta beauté sera derrière?"
Tu n'y pensais pas en me montrant ton arrière.
Si on s'eu connu au jour où tu fût belle...
Là! Elle saute! Moi... je l'aurais aimé autrement.

Freud, si tu me voyais (1997)

Je n'ai pas, je n'ai plus le courage d'admettre
Ou d'assumer mes sentiments dans ces lettres.
À trop renflouer, ma santé m'envoie paître.
Mon Dieu, que fais-je, Ô mon Maître?

Je me refuse à aimer, moi qui désire trop,
Trop facilement, à l'aveuglette, qui aime en gros.
En voici une, je la voie en respect, or je
La confins à l'amical en sucre d'orge.

J'ai trop effraie de la perdre, encore, à rêver
De la voir en tiers, l'avoir entière, en privé,
Alors je me convainc, aux autres, m'en priver.

Je vais mourir, intoxiqué par ces émois
Que je garde à l'intérieur. Ils pourrissent et moi
Je fièvre, mes intestins souffrent, oui je crois.

Pourquoi la conversation malgré la divergence d'opinion ou verdure d'esprit (1992)

D'autre que moi! La vérité est relative.
En cinq ans d'essences on ne peut que traiter l'abstrait.
On s'incandescence en nappe, traitant l'abcès.
D'autres que moi! La complexité trop hâtive

Ne trouve point lettre de noblesse aux phrases
Issus d'un seul penseur aux arguments solides.
Et soudain, seul, mon cerveau aigu ment, sale hydre,
Car le réel est d'autant d'opinions diverses.

Ne prouvant point, cet air d'Ô nous blesse, écrase,
Parle aux rats. Aidant tôt son minois, il dit: "verse-
Moi ton savoir, Ô élite, voici l'ère d'Ô!"

Moins l'on savoure, Ô Enlil du j'en suis lardo,
En fermant son esprit au relatif, et plus
L'enfer mensonge aise prie aura l'actif en plus.

Or félin (1995)

J'irai par les sentiers battus, un brin tendre,
Agencer aux boisés rougis d'un faux printemps,
Drageons et autres rejets fauniques, orphelins
De mère nature. Oui, j'irai en bon canadien

Goûter l'érablière séchée par l'or félin
Des acquisiteus. Missionnaire de l'idéal,
Je la porte noire. Je vêts la robe en des bois
Et ces flèches et tous ces rêves au fond du carquois.

J'errerai par les sentiers battus en marginal.
J'ai dit "j'errerai" mais au fond c'est indigeste
Et devrai, parfois, sortir pour ne pas vomir.

Je repars, laissant tiède Athis la vaginale
Que j'ai enviolée. Enfin, j'oubli ses gestes.
En mission, par foi, l'instinct délire.

Téléphone-moi (1997)

Je suis onagre, écoutant ton silence aigre,
Et suis coi des discours de pitance maigre
Dont même les murs qui ont des oreilles ne veulent ouïr!
Voilà que tes sales jeux me laissent seul à jouir.

Bruis tant que tu voudras, c'est trop tard, tu entends?
Toujours souffrir de ton absence au téléphone,
Au jour sourire où ma confiance se sentait bonne,
Vient énerver les larmes de ma patience!

Comment crois-tu que je me sente maintenant?
Pour que tu me rappelles j'ai attendu longtemps
Et encore... comme un idiot en pénitence...

Je taris ton nom et je tourne la page
Mais même si tu n'es, pour l'instant, qu'un mirage
Je cultive sur ton image mes moindres désirs.

Si j'oubliais (1995)

Qu'elle est belle sous le pénombre d'un clair de lune,
Bronzée de bleu, d'or et de gris, charmes charnus,
Lèvres charnelles et regard bridé, corps souple.

Qu'elle est saoule, belle fée d'ombre d'éclair nocturne
Où braise une chevelure noire, fors des mèches de flammes,
Et des épaules de femme, fin profil léché d'âme.

Qu'elle sombre dans l'entre-las de mes soupires
Mais qu'elle abonde un brin tendre, je veux mourir
Si je ne peux l'avoir, si je ne peux la voir.

Je lui tends les bras. Qu'elle approche, si toutefois
Elle me reproche cette tendresse tendue
Ou ces caresses perdues, je les laisserai tomber.

J'ouvre mon thorax, qu'il lui est chaud mon être.
J'ouvre ma cage, mes bras transpirent, qu'elle entre...
Quel antre squelettique pourrait bien lui plaire?

Si elle refuse mon tambour maintenant libre,
Qui se rose de bleu-clair pour ne pas rougir,
Alors que l'on m'arrache l'ouïe, le regard.

Alors qu'on lambeau ma chair attristée, amère.
Qu'on me jette en pâture à l'oublie, la douleur,
Mais qu'on me laisse un seul souvenir, une seule lumière...

Son nom, pour que je sois en paix lorsque mes lèvres
chuchoteront: "..."

Variation sur le thème d'un manque d'affection (1997)

Je ne peux nier, dans mes veines, l'envie de séduire.
Dans ma bouche le goût ou sensation des désirs
(Mon corps a besoin d'adrénaline et d'hormones.)

Séduire, je dois sentir le trac d'une séduction...
Une aventure, là, maintenant! Une autre, une tonne.
Bien sûr, bien sûr, bien... sur l'infidélité, non.

Mon esprit est en contrôle tant que j'ai la foi.
Il y a des lois claires, elles sont là. Il y a des lois!
Plus fortes qu'un besoin du corps en manque d'amour,
Comme l'un pourrait être en manque d'affection au lit.

À quoi pensais-je? Désolé, placez en oublie
Que j'ai dit le mot sexe, heu... lit. Je deviens fou.
Draguons me fait renier avoir choisi, un jour,
Une vie sans sexe avant le mariage, c'est tout.

Hantise-âne au mi-elle (1997)

Un coquillage portait votre nom sur sa plage,
Comme un message ayant pour mot votre visage.
Il bordait mon sommeil vers les chaleurs du rêve.

Un cerisier désirait l'animal d'ardeur
Mais ne reçu que vos initiales dans un coeur.
Et l'arbre gravé grandit mille ans, sans trève.

De son fruit-cerise embryonnait une fleur
Blanche dans un jardin blanc fumant de bonheur.
Un bourgeon nippon nommé Sakura... ou Eve.

De son bois, un jour, Cupidon tailla une flèche
Qui m'empala, à votre vue, d'une foudre sèche.
Ou humide à l'amour qui veine le cerisier.

Et c'est de membres mous que cette vision m'allèche,
Quoi de plus beau que votre art d'allumer ma mèche?
Vous êtes, de mon jardin, le Zen et le rosier.

Individualisme (1992)

Tous ces visages se partagent un plancher commun.
Des individus de sables moulus portuns
D'un monde où le ciel se gronde un tous et chacun
En source d'eau de bourse. Ciel jaune, blanc, rouge et brun.

Nous sommes un immense groupe d'individuels.
Tout comme un hymne rince-croupe d'un divise-duel,
Nous chantons pour nous seul l'existence personnelle,
Pourtant l'on goure tout soliste d'aisance pairs formelles.

Hurlant d'un sourd ton l'injustice que créent les
Autres individualistes, c'est trop laid,
Ces réactionnaires sur le nerf qui ne se voient faire

Mais Ô combien crient quand c'est aux autres l'affaire
Injuste. Ces rustres qui ont deux faces nous plaient
À se nombriliser contre nous... s'il vous plaît.

Ne m'en veux pas (1995)

J'ai vidé mon esprit pour toi mais tu n'es pas venu.

Tu ne viens d'ailleurs plus quand je pense à toi... pourquoi?

J'ai murmuré ton nom au creux de mon front.

Je t'ai sculpté des lobes dans la chair de mes songes que je n'ose plus lécher d'aucune sensualité. Pour toi...

J'ai cherché à expliquer l'énigme de ta musique par le mystère de ta beauté. J'ai voulu trop te vouloir, ne m'en veux pas, ce sont tes lèvres.

Inventer ton visage... je t'ai tracé un regard sous cette blancheur où s'intense une lueur de fortes répétitions que l'on s'aveugle à regarder.

Ta passion à ma bête, s'enlacer d'un corps à corps, danser... c'est un rêve!

Danser si près, nous sommes si distants de nous connaître et co-naître ensemble.

J'ai cherché à fendre le coeur de ton innocence en imposant un nom à notre inconnu. J'ai voulu trop te vouloir, ne m'en veux pas, ce sont tes lèvres.

Et ton nom, amer nom lorsqu'il est sûr, se clôt comme tes paupières sous ta splendeur si chevelure que je noir en tresse pour ne pas t'oublier... Geneviève...

Oh, Eve des îles... Nous ne sommes que l'ombre d'un néant...

Marie-Lou (For Tsu-Ching, 2004)

ma muse, avec tes yeux à demi séducteurs,

avec ta peau si claire, ton regard de chaleur,

ta bouche et tes lèvres si franches, ma Marie-Lou,

let me tell you in French how much I do love you!

avec tes épaules comme celles que je n'aurai jamais,

et ton torse qui m'offre des seins si parfaits,

offre moi ces bras et, là, tout bas, tes douces mains

pour mener les miennes vers ton ventre... Martin

n'a de regard que pour toi, de souffle que pour

ton souffle, d'ardeur que pour plus bas, oui, encore,

pour tes jambes qui s'adressent aux miennes, et ton corps

qui demande mon corps, oh, toi, ma Marie-Lou,

let me tell you in French how much I do love you!

laisse ma langue anglaise t'offrir tout mon amour!

Dernière conversation avec la Solitude (2024)

J'ai fait le décompte. J'ai considéré cet élan à la réciprocité négligente, et je crois que tu n'as pas à t'inquiéter. Même le vécu le plus vivace n'échappe pas à la comptabilité des anges. Ton effacement compassionnel répond à cet appel au mythos incertain. Mais trop reculer pour éviter de faire souffrir emprunte le désarroi, alors que trop avancer sans penser au bien-être de l'autre entraîne la détresse.

Vais-je revoir ma princesse?

Elle a effacé ton numéro.

D'accord... Je vais vivre, alors.

Elle aussi, ne t'en fais pas.

Ai-je vraiment fait souffrir des âmes par le passé? Par manque de compréhension, par immaturité, par une écoute solipsiste, j'ai mis le feu à la piste de danse avant de m'éclater. Je passais mon carnet de note à la muse d'un moment, au lieu de lui adresser la parole. J'ai peur de souffrir autant que je me retiens de provoquer des douleurs.

Mais c'est en souffrant que l'on évolue.

C'est en retrouvant le paisible, surtout.

L'accalmie dans la tempête.

J'ai grandi. Elle aussi, tu crois?

Dans son temps. Tu l'as laissé partir, c'est le plus important. Tu pourras lui écrire des romans, lui offrir l'immortalité dans ta poésie, lui consacrer ce Noesi de Vel que tu sembles apprécier.

Elle te retrouvera, pour autant que le destin le voudra, mais toi, poète, reste avec moi. Sois heureux d'embrasser ta solitude. Moi, j'irai lui parler. Pas en ton nom, mais en son nom à elle.

Une conversation que l'on devrait tous avoir. Merci, je t'aime.